LAM A TLAUMI VANMI

DAWTNAK LE KHUARUAHHAR

LAL

Lam A Tlaumi Vanmi(Part-1): Newspaper catlap cungah rian a lawngmi an chiahmi cu din loin ka zoh i rian ka kawlnak ah suimilam zoh zong thei ti loh. Alarm ka chiahmi zinglei suimilam 4 cu a van awn i cu bakin cun zinglei pei a si cang hi tiah ka van theih ceo a si. Ka thawpi cu ka chuah i tu zan caah cun za rih seh tiah ka ti. Cu ticun ka mit benh cu kai phoih i cabuai cungah ka chiah. Ruah nih cun din loin a sur i ka umnak inn cung cih cu ruah fang nih a peh peh in an tlak ko hna.

Zei a si paoh ah thaizing ah ka hawipa Edward nih rian pakhat khat a hmuhmi cu a um theo te lai i cu cu ka hngah a hau rih ko. A tu cu ka it phawt ve rih lai tiah biachahnak cu ka lung chungin ka tuah. Rian loin ka um hi a sau cang. A um ciami phaisa zong a dih lei a panh cuahmah cang. Keimah bantuk catang ngei ve lo caah cun rian hmuh hi a fawi lo ngai bantuk in rian hi i thim awk a tlawm. Cu ti a si caah rian hi chun zan in ka kawlnak hi a si.

A donghnak ah ka thawpi cu ka chuah i tuzan caah cun za rih seh ka ti i cu ticun ih zai cu ka rel i it kai timh lio bak ah ka umnak inn hnu lei kutka cu fak ngaiin ai awn thawng cu ka hei theih. Ka lau ngaingai. Ruah nih le a tuk tuk ttek nih a tla pah fawn. Mithla hlah maw si tiah khin ka hei ruat pah. Ka daithlang ngai ruah sur lakah ka hawipa inn in ka rak lawi caah inn hnulei kutka cu ttha tein ka rak hrenh ta lo timi kha ka hung theih.

Thlitu nih kutka a hranh caah kutka cu a mah le a mah ai khak i a si lai tiah ka ti i va hrenh dingin ka tho. Inn hnulei kutka cu a rak i awng taktak i thli zong cu a hrang tuk lem lo caah zei nih dah a awnter ti hi ka ruat pah. Cun kutka hram ah minung kalnak a cinmi keneh hna cu ka hmuh caah ka lau ngaingai ko. Cu lioah ka ke bakin kut pahnih nih a rak ka tleih i ka lau tuk caah ei ka nu tiah ka au. Ka ke cu ka van zoh cu minung pakhat nih a kut hnih in a rak tleih ko cu ka hmuh. Ka hmai ah cun a khuk ai bil i a sam a sau ngaimi a lu cu tang ah a khun.

Ka ke cu fek tein a tleih i a kut cu a ther pah. Zaangfahnak tein na inn ah ka dorter ko mi dang cu an inn kutka ai hrenh dih cang le hi ti hin cun ka thi lai tiah aw ther ngaiin a chim. A aw ka theih bakin nu a si timi cu ka theih i zei dah hi tluk tlai ah nu nih cun hi ti hin a um tiah ka ruat colh. Saupi khua ruat ti loin a poi lo a ngah ko ra ra inn chung ah na thil hna an cin dih kha nai thleng la ka ti i a liangin ka tleih i ka thawh.

Cun inn chungah ka hruai. Inn chungah kan lut i ka ihkhun cungah ka tthutter. Cun a rannak in ka hnipuan a lummi cu ka chuah hna i a pawngah ka chiah piak. A lu cu ai khun peng caah sam nih a hmai cu a huh hna i fiang tein ka hmu kho loh. Hi hi i thleng mu coka ah rawl ka ser la tiah ka chimh. Cun coka ah ka kal colh. A chim lawng ka chim rawl hleimi zong a um loh. A thar in chumh a hau ko ka ti i rian rang taktak in rawl chumh cu ka thawk. Kai rian ranh tuk ruangah facang cu ka thlek sual i coka ttuang cungah cun an i tthek hna. A rannak in ka khuk kai bil i ka ruh hna. Cu lioah innpi lei cu ruah lo piin ka hei zoh duk sual.

Ei ka nu tiah ka au i ka lau tuknak ah hnulei bak ah ka vai hlonh ko. Innpi lei ka zoh ah khan a ke cu ka hmaika te bak ah ka hmuh caah a si i movie chung mithla hna khi a lo pah. Zei hmanh a chim loh i coka ah a rak lut ve. Cun a dir i khua a hoi a hoi i apple pum khat a tangmi cu a lak zau i a kawk pah in innpi ah a kal tthan. Cun apple cu a ei pah in rawl chumh ti lo dingin a kut in a ka hrilhfiah. Ka tthutnak in ka tho kho rih loh i a tu tiang ka launak a dam rih taktak loh. Duhsah in ka tho i zei thil hme a cang tiah keimah le keimah cu ka lung chungin kai hal. Ka zan mang bantuk khi a lo nain a taktak a si fawn ttung. Ka hei zoh i apple cu ihkhun cungah a tthu pah in din lo bakin a ei thluahmah ko cu ka hei hmuh. Ka room hi a bi ngai le rak ka theithiam ko law mu nang ihkhun ah it law kei coka ah ka it lai tiah ka ti.

Apple cu thaw tukin a ei caah ka chimmi bia cu a ngai le ngai lo zong ka thei loh. Innpi cu ihkhun a khat cang caah ttuanglai ah it zongah hmun khat ah a itmi bantuk kan lo cang caah coka ah it hi a ttha cem tiah ka hmuh. Hmun dang cu ihnak a um ti lo bantuk kha a si ko i cu caah coka hi minung pakhat ihnak caah cun a za tthiamtthiammi kha a si ko. Cu ticun apple duk tla tukin a ei ti ka hmuh tikah duhsah in ei ko seh ka ti i a ei dih caan hngak ti loin coka ah cun puan ka phah i ka ih taak. Edward nih rian a hmuh sual ahcun zingka teah rian interview tuah a hau lai caah a tu ah it ka hau cang.

A thil eimi cu a mah ei in rak ei ko seh law a mah it in rak it ve te ko seh tiin ka ih taak. Zingka cu a hung si i ka hung tho. Ka ihkhun cungah ka it ko cu kai hmuh. Are a ziah nizan thil a cangmi kha ka zan mang maw a si kun ne tiah ka lung chungin bia kai hal. Are ka inn chung vialte an thianghlim khawh ning cu! Inn chung thilri vialte an mah le an umnak cioah catthiptthep tein an rak um dih hna i ka theih bal lomi inn ah a ummi ah kai rel.

Cu lioah nu a nih aw thawng ka theih i ka van i her i ka zoh tikah cun ka hman ti lonak a sau tuk cangmi a rawk cang tiah ka ruahmi tv hlunpi hmaika ah tv a hmu bal lomi bantuk in tv thlalang cu neih taktak in tthep loin a thu i tv a zohmi zahan ka khualnu cu a si ko. Ka zan mang a rak si fawn lo! Cu ti a si ah zan kai hnglih kar ah a ka cawi le maw ihkhun cungah a ka chiah kun ne? Nu caah cun thil fawi a si fawn loh! A mak ka ti tuk i zei chim awk khi ka thei loh. A sinain a nih cu zei a thei lo bantuk in a hnulei a ka chit i cawl lo tein in tv cu a zoh ko.

A zohmi cu cinderella cartoon a si i ka tv hi ka hman lonak a sau tuk cang caah a aw zong a din tuk cang. A caan caan ah cun a thir pah i zoh a har ngai nain a nih nih cun neih taktakin a zoh ko cu ka hmuh tikah ka khuaruah a har ngaingai ko. Zei bantuk minung dah a si? A ho dah a si? Khawika in dah a rat timi lawngte nih khan ka ruahnak vialte cu a lak dih cang. Sinain tv a zoh pah in a ni pah i ai nuam lio ka hmuh tikah ka lung a buaimi cu an zor thluahmah. Um ta rih hi tia a si tiang tv a hmu bal lo hlah le maw a si hnga tiah ka lung a buai ngaingai i a tu chan bantuk fim chan ah cun tv hi cu a ho hmanh nih hman a si tuk ti lo timi hi a thei hnga lo maw timi hi ka ruat pah.

Duhsah tein ka va neih i neih tein ka zoh. Hngakchia cu a si loh timi cu fiang tein ka hmuh. A pumrua cu thau dawh tawk tein a thau i a ngan a dammi pumrua a si. Apple cu ei pah in a zohmi cinderella carton cu a zoh ko i a pawngah ka um le um lo hmanh kha a thei kho loh. Zei a si paoh ah khual timi cu zungzal a um ding an si lo bantuk in caan khat khat ah ai tthen ding kan si timi nih ka ruahnak ah a ka tawngh. Cu ticun hnahnawhnak pe lai phang in duhsah tein kai thawn i ihkhun cungah ka va tthu tthan.

A fawinakin le a tawinak in chim ahcun duhsah tete in ni le thla hna cu an liam hna i kan nih zong kan van i ngamhtlak ngai cang caah a tu ah cun coka le innpi ah it ti loin innpi ah kan it tti veve cang. Ihkhun cungah it dingin ka fial tuk nain a lu cu dong loin a lei caah a sung ka pek i keimah tu ihkhung cungah ka it. A thli thup tein le a ho hmanh nih an theih lomi khualnu pakhat he kan um ttinak hi a caan a hung sau ngai cang.

Hi kong hi ka hawi ttha cem Edward hmanh ka chim ngam rih loh. A mak ngainak cu caan sau ngai tiang kan um tti chungah hin a eidinmi hi rawl nakin thingthei an si deuh hna i cun a hmai hi fiang tein hmuhter a ka duh loh. A sam cu a biang a sir le a sir in ai thlah hna i a mui cu ai huh peng hna. Kei zong nih a mui langhter a duh lo timi ka theih cun a sia rem lo sual lai ka ti i a hramhram in a mui hmuh kai zuam ve loh.

A um hnu in ka umnak inn cu a thianghlim tuk i zeitk caan ah dah a thianhhlimh timi hi ka thei kho bal loh. Tuan tein ka tho zongah tv hmai ah a tthu diam cang. Tv a duh ngaimi a si i cinderella lawng lawng a zoh caah a min ah Cinderella tiah ka sak. Cinderella tiah ka auh ah hin ai lawm ngaingai i a lu cu rang piin a sut. Tv hi chun nitlak zan khuadei zong a zoh kho. Tv zoh tuk hlah na mit ai rawk lai ka ti tawn tikah a lu cu maak hngal ti loin a lei. E e khah zoh ko zoh ko kan capo i si sorry sorry ka ti i cu hnu lawngah a lu a leimi cu a dai. Inn ngeitu ka si nain ka khual a si caah ka uk awk a si lo ti hi kai hmu. Kan kar ah biakamnak kan tuahmi cu leng ka chuak lai lo ti hi a si i cun biakam a ka halmi cu ka kong hi mi sin ah na chim lai lo ti hi a si ve.

Mang chia phunphai le ka manh ni a thaizing zingka ah ka van tho cu ka phone ah Edward sin in missed call 3 le message 1 ka hmuh. Phone na tlai lo a rannak in van ra rian ka hmuh interview tuah caan a phan deng tiah message in a rak ka kuat. A rannak in kai timtuah i cu ticun rian interview dingah cun kal dingin kai tim. Tv a zoh lio kha hna hnawhnak ka pek sual lai tiah ka hnipuan cu thawngpang thei lo dingin le rian rang nawn in kai thleng lioah Edward sin in phone cu a ra i tlaih lo awk a ttha lo. Cu ticun ka lian le ka hnakhaw kar ah phone cu ka chiah i kedenh kai denh pah.

Na ra deng maw tiah a ka hal. Aw ka chuak bak si tiah ka leh. Ok tiah a ti i a phone cu a thah. Ruah lo piin ka phone cu ttuang ah a tla sual caah inn chung cu ka phone a tlami thawngpang in a khat dih. Duhsah tein kai mer i ka hei zoh. A sinain cawlcang loin tv cu a zoh ko i a ni pah salam ko. Cu hnu lawng ah ka thawpi ka chuah i a rannak innpi kutka lei ah ka tli. Khah leng ka chuak ta lai ka rak lawi zau lai tiah ka chimh. Keimah lei zoh loin a lu cu rang piin a sut. Cun kei zong inn chungin ka chuak colh i Edward nih a chimnak company lei panh in ka tli.

Na va tlai ve tiah Edward nih a ka hal. Nizan kai hnglih kho lo le hme teh tiah ka leh. Tlawmpal kan tthu ah rian interview tuah dingin Edward cu an rak auh i office ah an luhpi. Rian ah ka lung a um tuk loh i ka tonmi thil kong tu ah ka lung an um ngaingai hna. Ka mang a si ko tiah keimah le keimah cu kai ti nain ka cang taktak a si komi hi a mak ka ti ngaingai. Tlawmpal ah Edward cu a rak chuak i a sinain lam dangin an chuakter. A chuak pah ah a kutpi cu cunglei ah a pirter i a ka hmuhsak pah in a hmai cu a panh ngaingai. Ka lung chungin rian interview a pass timi cu ka theih cia. Cun minung pakhat a rak ra i a ka auh ve i office ah a ka luhpi. Na min. Steve. Na catang. Tang 8. Na hmuhtonmi rian. House keeping rian le dispath rian.

Interview an ka tuah dih in office chungin ka rak chuak i Edward nih cun panh ngaiin a rak ka don. A sinain kei cu ka panh kho tuk loh. Cu cu Edward nih a hmuh tikah na pass lo maw tiah a ka hal. An ka pending tiah ka leh. An i auh tthan zau ko la tha chia hlah ka um ko hih kei cu ka pass tiah tha nuam ngaiin a ka ti. Lawmhnak ah kan kut cu fek tein kan i tlai i cu hnu cun kan lawi tti. Na hmai a panh lo ngai zei dah ruahmi na ngei maw tiah kan lawi pah bus cungah Edward nih cu a ka hal pah lengmang. Zan ah ka mitku a cim lo le tiah a fawinak in ka leh. Cun a hmailei ai timhmi kong pawl cu a ka ruahpi i a sinain ka ruahnak cu ka tonmi thil kongah an si hna caah Edward nih a ka ruahpimi kong cu ka hna nih a theih chel theih lo chel in an si hna.

Inn lam cu kan i tthen i na tha chia hlah tiah kan inn lam kan i tthen lai tiang kha Edward nih a ka cah. Cun kan i tthen i kei ka inn lei panh in ka rak lawi ve a nih a inn lei panh in a lawi ve. Rian ka hmuh lomi ruangah a si pah lai ka lawi lam ka kar hlang cu an fum ngaingai inn phanh lai a ttih tukmi khi ka lo. Sinain inn chung ka luh lai ah ka hmai cu kai panhter i ka lut. Inn chung ka lut i tv umnak lei cu ka zoh i Cinderella cu a rak um ti loh. Zanlei cu a si cang tikah a mui pah cuahmah cang i lengah rak chuak hlah ka timi cu a ziah a chuak tiah ka lung chungin ka phunzai.

Rian hmuh lo lungretheih pakhat le Cinderella inn chungah a rak um lo lungretheih he cu ticun ihkhun cungah cun lung rawk ngaiin ka tthu. Edward cu ka lung chungin ka lawmhpi tuk i na tha chia hlah tiah a ka cah tami zong kha kai lawm ngaingai. A nih cu tang 10 tiang a kaimi a si caah rian interview a pass colhnak hi a si lai tiah kan zumh. A sinain a nih zong a pitar a cawmtu a si bantuk in bochan awk peng a ttha lai lo timi cu ka hmuh cia.

Ka inn ka hlan man hi thaizing cun a man pek a cu cang lai. A sinain a tu ah zei hmanh ka sin ah ka tang ti loh. Rian ka hmuh cun advanced ka lak lai ka timi zong a si kho ti loh. Edward bawmh hal ding a si nain ka chim siang loh i keimah ruangah ai lawmhnak a sung ding kha ka duh lo. Mi dang sin chim ding cu ka ngei hlei lo nain lawmhnak a tong lioah Edward kha lungretheihnak chimh ka duh lo. A ruang cu mi ttha tuk a si caah ka aiawh in a lungre a thei tuk sual ai lai timi kha ka phang. Phaisa lei chambaunak ka tonmi kong ruah ah lungsivang ngaiin ka um lioah Cinderella nih cun ka chimhmi cu ngai loin khawika a kal zong thei hlah.

Zeimaw pakhat khat cang sual seh law keimah mawh kha a si fawn hnga timi kha ka ruat tikah lungretheih vasang par ah cun a cung tiangah ka thin a hang phah. Rak lawi cikcek seh tiah ka lung chungin cun kai cerhro len. Ruahpi nih cun ruah lo phut piin a rak tuk ciammam i Cinderella caah ka lungre a thei chinchin. Lengah chuak in hlah maw ka va kawl ah a tthat hnga tiah ka ruat. Sinain a kawlnak ding zong cu ka thei fawn lo caah inn tu ah hin hgnak rih ko ning tiah bia ka chah. A poi tawn ko mu! Mah pumpak buai in buai lioah khawika in a rak ra theih a si lomi khual ruangah buai a si fawn cang tiah ruat pah in inn lenglei ruah a surmi cu ka hei cuan. Misual kut hna ah a phan a si cun tiah ka ruat pah.

A sinain cu tiang tiang cu a ziah ka ruat i a caah ka thin a phang tiah keimah le keimah cu bia kai hal. Khual a si chikkhat ah a kal tthan ding a si cu tiang tiang in a caah ka thin phan piak awk a si lo. A ho a si zong ka thei loh. Khawika in a rat zong ka thei loh zei tik tiang hi ka ah a um lai zong ka thei loh a min zong ai thei chap loh. Cu caah a cungah hi bantuk in thin phan piak tuknak hi ka ngei awk a si lo tiah kai ti. A rak lawi ahcun ka sik lai a duh le a thin hang seh a ziah ka nawl a ngeih lo tiah ka lung chung cun keimah le keimah cu bia kai ruah len.

Na thin maw hang tiah aw pakhat nih coka lei in a van ka hal. Ka lau taktak ka ruahmi maw a theih?! Leng lei ruah a surmi ka zohmi cu mer taak in aw a ratnak lei cu khauruahhar ngaiin ka zoh. A aw cu ka theih bal lomi nu aw a si i dawtnak le a dikmi thinlung a kengmi aw a si timi a lang. Cu aw a chimtu cu a thlithup tein a rak ka tlawngmi ka khualnu Cinderella a aw a si ko cu ka hmuh. Cu nakin ka khuaruah a ka harter deuhtu cu a mui ai langhtermi hi a si. A tu lawnglawngah a mui cu fiang tein keimah lei a hoihter i a sam cu a zatein a kenglei ah a chiah dih hna. Kai zumh kho lo! Minung hmanh a si hnga maw tiah kai hal. Zuk suai thiam pakhat nih a suaimi milem dawh taktak khi a lo i zoh chim a si loh. Ruah ti nih a sam cu an cinter hna i a hmaifang zong an cin pah hna. Zan a mui pah nawnmi ka inn chungah a muisam cu a ceu ngaingai. Ngong koin ka zoh ko i zei chim kho loin ai dawhnak ah cun ka pil dih ko. A mah zong nih tthep loin a ka zoh i a mi zohnak cu mi mawn a thiammi zoh dan bantuk in ka ruahnak vialte cu a ka mawn dih.

Cun a mit cu a tthial i ttuang lei a zoh. Cun kei zong ka pum le ka ruahnak cu an van i fumtom ve i a ham ham tiah ningzah phen ah ka van i khuhter. Cun a mah lei cu ka zoh ngam ti loh i thlalang awng lei cu zoh pah in a ziah leng ah chuak hlah tiah bia kan kamter lo maw a tu zeitik caan dah a si cang? A tu ah pakhat khat cang sual law keimah pei mawh phurh ka si ko lai cu. Khual na si rih zei hmanh a lenglei na thei rih loh na min zong nai thei loh leng chuak ding ah na hmuhtonmi a nonal tuk rih zei tlukin dah ka lungre a theih?! Rian ah ka tluang loh cun inn lei ah hi ti hin a rak si fawn ka thin cu a hang ko hme teh tiah i ti pasalter ngaiin ka chim thluahmah.

Ka bia cu a dih. Hi bantuk in mi cungah ka phunzai bal lo caah ka siarem lo ngaingai. Zei hmanh let colh loin a um i cu hnu ah sorry na lawi tiang kan hngah ahcun a si kho lai lo caah a si hi hnu cu ka chuak ti lai lo tiah daidam tein a ka leh. Cun keimah lei panh in a rak ra. Ka kut cu a kehlei kut in a ka lak i a vorhlei kut in ka kut zapei cungah plastic in ai tuammi phaisa tam ngaite cu a rak chiah. Ka lau ngaingai! Zei dah si? A ziah khawika in dah na va lak hi vialte phaisa hi tiah ka hal. Phaisa na herh tuk si lo maw thianghlim tein ka kawlmi a si ka ba ka it cang lai tiah a ka leh i cu ticun ttuanglai ah puan ai vurh i a it colh. Kei bal cu holhnak thei loin ka kut cung phaisa tom cu ka zoh i ka ar ko. Zeitin zeitin hi vialte phaisa ka kum 1 kawlmi phaisa pei an si lai hi! Ka kut cu an ther dih. Ka hei zoh i thaw taktak in ai hnglih cang. Ai hnglih lio a muisam cu ka zoh i ka mit cu hmun dang ah ka tthial kho ti loh. Dawtnak timi cu hi hi maw a si timi hi kai hal.

Ka thinlung cu a buai ngaingai i zeitin dah ka um lai timi zong hi kai thei kho loh. Dawtnak nih cun ka thinlung chungah chikkhat te ah ai sem cang fawn. A ho a si zong ka theihmi a si fawn loh. Ka daw ve seh ti cu ka duh nain tthen caan zeitik a cu lai theih a si fawn lo tikah ka khuaruahnak cu a pit ngaingai. Zei hmanh a thei lomi le palhnak a ngei lomi muisam keng buin thaw taktak in ai hnglih ko i tthep loin ka zoh ko. Cu lioah inn hnu lei kutka cu fak taktak in kingh thawng a thang i ka ruahnak vialte cu minthla lek bangin an choi an zuang dih.

Lam a tlaumi vanmi(Part 2): Ka kut cung phaisa tom cu ihkhun cungah chiah ta in a rannak in innhnulei kutka lei ah cun ka va tli. A ho dah si hnga tiah ka kal pah in kai ruat pah. Naihrawng cu Edward dah ti lo cun mileng dang hi ka ngei lo khan a si tiah ka kal pah in ka tuattan pah len. Kutka cu ka van awn i a lengah ruah a surmi tangah cun zei hmanh nithawng zong i chinh loin a rak dirmi minung pathum cu ka hmuh hna. Pakhat cu hmai deuh ah a dir i a dang pahnih cu a hnu deuh ah an dir. Cun cu minung pahnih cu an kut cungah meithal pistol an i ken veve i ka khen ko eh ka theih bak ka khen bak tiah minung pakhat deuh nih a chim. Cun a dang pakhat deuh nih na khen ahcun a thi lai cu khawi ne a tu a ruak na khen lo le teh si ko lai tiah a leh ve.

Pakhat deuh pa nih ka khen hme cu ka mit bak in hme ka hmuh cu aaa na ka zumh khawh lo dan hi tiah lungsak lo ngaiin a leh ve. Cu ticun bia cu an rak i al len i an hmai ah a dirmi minung pakhat nih a ka hmuh in cun shuhh tiah dai dingin nawl a pek hna. Cun an meithal cu a zoh i a mit in a chawnh hna. Cu lecangka in an meithal cu an hnulei taisawmh kar ah an tenh i keimah lei cu an vun hoih hna. A hmai cem ah a dirmi hi kan vengah a min a thang ngaingaimi rithaisii chawlet a si i a kum in cun kan i tthirual nawn a si lai. A pipu chan lioin rithaisii chawlet rian a ttuanmi a si i a rum zong an rum taktak. A rum bangin phaisa zong a khiar i phaisa zong a duh taktak tiah a thawngpang a thangmi a si.

A biang cungah tattoo te hna kha ai suaimi a si i a ho paoh nih an ttih ngaimi a si. A sinain voi khat lio khua chung ah rian kawl ah ka rak kal lioah a mawtaw petrol a rak dih bal i phaisa a rak ka cawi bal. Cu lioah cun kan rak i thei veve loh i kei zong bus i cuannak te lawng ka rak ngei. Mi dang nih cun phaisa an rak cawih duh lo i a ruang cu a sining kha an rak theih cia caah a si kho men. Asinain kei nih cu a sining ka rak thei lo caah bus cuannak ka ngeihchun phaisa cu ka rak cawih. Cu ticun a rak i lawm tuk i a mawtaw in ka inn tiang a rak ka thlah bal.

A mawtaw in kan rak lawi lei ah aw aw minung pawl dah ngai hi aw ka rian cu rian chia a si nain an cungah sualnak ka tuah ttung lo tongte ttih in zeicahdah an ka ttih kun ne? Cu phaisa tlawm te hmanh cawi siang hna lo cu! Kei nih le philh cu ka hmang tuk ve kawh ka mawtaw petrol a dih deng le dih deng lo check ka thei ve bak loh haaaa poi ko philh hmang hi cu. Um hlah law cu a tu zan cu hi ka ah pei ka mawtaw chungah riak lawlaw ka hau lai cu.

Ka mawtaw hi le ka cawkka te bak si fawn caah kal taak ding ah ka ui fawn. Ka mawtaw dang cu si seh law cu maw ka chuih ka chuih lai le ka kal taak diam lai. Na ka nunh bak kai lawm taktak tiah a chim i a bia chimmi chungah biachia a tam ngaingai. Ka umnak inn ka phanh in a mawtaw cung in ka ttum lioah ka kut in a ka tlaih i hey na herhnak a um cun ka chim aw zeizah paoh kan pek lai free bakin tiah a rak ka timi hi ka philh rih loh. Cu hnu cun lampi kan i ton sual caan zeimaw ah a ka chawnh biak kho ngai i a lang hlat pi zong in a kut cu van ah a ka phar hnawh tawn.

A tu bantuk in zan mui le nikhua chiat lioah ruah lo piin ka inn hnulei ah ka hmuh tikah ka lau ngai i tlawmpal ah a ham ham tiah bia chim dingin a hrom cu a van i timtuah. Dam maw kawi? Rak kan theithiam ko law mu kan chawlehnak caah a biapi tukmi a si le hna kan rak in hnawh ta ko lai. A ham, minung pakhat nih kan company phaisa a rak kan fir piak le kan dawi colh ko nain hika na inn velchum hrawngah hin kan thlau deih cu. Mah kha na inn ah mi a rak lut elmi an um maw ti bia si tiah a ka hal. A mah zong a taisawmh kar ah pistol ai tenh timi cu a holh pah ah a kut a vei caan i a angkilum ai cawi deuh caan ah a lang pah lengmang.

Si tak e! Poi ve si cu cu aw. Sinain cu bantuk cu ka sin ah a cang bak lo e aw tiah ka leh. Cun a ham ham tiah a hrom cu a van i timtuah pah in a khuh tthan. Cu hnu ah ka kawi zaangfah tein phun dang ah rel loin na inn ah kan rak lut in kan rak check ta kho hnga maw kan caah a biapi tuk le tiah a ka hal tthan. Holh awk ka thei colh loh Cinderella hna si hnga maw tiah ka ruahnak ah a rak lut.

Uhh...si ko nan mah nawl...tiah ka leh i ka bia a dong hlan ah. Ok ok poi lo kawi sorry na bia kan el sual. Mang ttha rih aw tiah a ka leh colh i a kut tang minung pahnih cu kal hna sih tiah a ti hna hnu ah an kal. A rannak in inn chungah ka lut tthan i lung buai ngaiin Cinderella cu ka zoh. An phaisa a fir piak hna timi cu ka lunghrinh ngainai. Cu ti a si ahcun meithal in an khen tinak maw a si kun ne tiah kai hal i ka lau chinchin. Neih deuh in a ihnak ah cun ka va kal i a pawngte ah ka tthu.
A nih cu thaw taktak in ai hnglih cuahmah ko. A puan ai vurhmi cu duhsah tein ka hlim piak i a pum cu meithal hliamhma a um hnga maw tiah ka check.

Aze! Ka lau taktak. A ruang cu a paw a sir deuh hrawng cu thisen a neh ai thei pah i a angki a tanglei ah i hliamnak pakhat khat a um timi kha ka theih colh. A angki cu duhsah tein ka hlim piak i ka zoh tikah cun meithal hliamhma cu a rak pu ko. A van a tthatnak cu meithal kuanfang nih a hleuih in a hleuih caah a pum chungah meithal kuanfang a tang lomi hi a si. Ka kut ah thisen ai nehmi cu ka zoh i ka kut cu an ther dih. Khah tho law in sizungah kan kal lai ka ti i thawh ka timh nain a lu cu dong loin a lei pah in tho duh loin ai chang chih.

Nai hliam cu teh hi sizungah kal na hau cu mah lo cun na caah ttih a nung cu tiah ka ti. Cun duhsah tein a mit cu a hung i au i a ka zoh. A fah a thei hnga lo maw tiah ka khuaruah a har ngaingai ko. Duhsah in a rak tho i a tthu hnu ah a angki cu ai hlim i a hma cu ai zoh. Cu hnu lawngah a fak a hung thei i a hmai ai dawh tukmi te cu a hung chia thluahmah. Cun bawmh hal zoh in a ka zoh i a rannak in a liangin ka kuh. A thermi a kut in ka a ka kuh ve i fek tein ka angki cu a tlaih. Cu hnu ah a ttha ko lai a ttha ko lai zei ti hmanh na um lai lo mu. A tu it tthan law kei sii ka va caw lai mu tiah ka hnemh. A lu cu rang piin a sut i cun a ihnak ah ka ihter tthan. Sii dawr lei panh in a rannak in ruahpi a surmi lakah cun ka tli. Sii dawr cu ai hlat ngai caah ke in kal ahcun a rau tuk lai ka ti i taxi pakhat a rak ra liomi cu ka dirter i kai cuan.

Sii dawr hgnak siibawi sin ah ka thiam tawk in Cinderella ai hliamnak cu meithal hliamhma a si tiah chim loin phun dang in ka hrilhfiah i mah cu siidawr hngak siibawi nih cun sizungah kalpi deuh dingin ruahnak a ka cheuh. A sinain cu tiang tiang in thin phan awk a si lo tiah ka chimh i cu hnu ah a herh dingmi siiai hna cu a ka pek. Cun siiai hna cu i keng hna in lawi lam cu ka panh. Sizung kalpi a duh lo bantuk in a kal lo ah khan ka caah zongah a ttha cem tiah ka hmuh ve. A ruang cu khawika rammi sinak card zong a ngei lo caah le meithal hliamhma a si tikah ka caah lung a buai chin sual lai timi kha ka ruat.

Taxi a um zawkzawk lo ruangah ke in hlat nawn tiang ka kal i cu nih cun caan a rauter ngaingai. A donghnak ah taxi a rak ra i cu ticun taxi kai cuan i ka lawi. Ka umnak inn hmai a phanh in taxi cu ka dirter i phaisa ka pek hnu ah a rannak in inn lei ah cun ka tli. Kutka hram ka phanh ah kai ruah lo ning tukin thil a cang timi cu ka theih i a rannak in inn vanpang ah ka keng lei hoih in kai bek. A ruang cu kutka hram ka dir ah khan inn chung lei in nu aw pakhat nih a fak tuk ti hlah chimh pei na ngai lo tuk cu na tuar pei hauh cu tiah holh thawng ka theih. Cu lioah Cinderella sin in azawh tiah a hram aw cu ka theih pah. A ho aw dah a si nu aw cu tiah khuaruahhar ngaiin bia kai hal i cu lioah Cinderella cu din tein a hram ai pah.

Cun tlawmpal ah khah ka lim cang a tu cu na tha a der rih le na ra kho rih lai loh tlawmpal i din law hnu ah ka rak ra tthan te lai i hnglih cang ka fa na fim tuk khah tiah cu aw nih cun Cinderella cu dawtnak ai telmi aw he nawl a pek. Cu hnu cun thawngpang zei hmanh a um ti loh i a sinain inn chungah lut colh loin sau lakte tiang ka hngah chap. Zei hmanh thawngpang a um ti lo hnu ah ralrin tein inn chungah cun ka lut. Cinderella cu a mah lawng a si ko i a rak it ko. Nu pakhat cu a um ti loh. Duhsah tein Cinderella cu ka va fuh i ka zoh tikah cun thaw tein ai hnglih cuahmah ko. Ai hliamnak a hma cu ka zoh piak i din te lawngin a neh te lawng ai thei cang. Ka khuaruah a har ngaingai! Tuan deuh lioah nu pakhat nih khan a rak thlawpbul piak cang timi cu ka theih khawh. A fak ngaimi hliamhma cu chikkhat ah dam deng lakin zeitin dah a rak thlawpbul piak khawh timi cu ka ruat i ka ruat kho lo. Cu ticun thaw tein ai hnglih liomi Cinderella cu ka zoh i kei zong zan cu a hung tlai ngai cang tikah ka ba ngaingai ve cang i ka thil a cinmi zong thleng ti loin ihkhun cungah tlu in kai hnglih colh ve.

Zei caan a si ka thei loh zing niceu nih ka hmai ah a van ka kah i cun kai hlau. Cu lioah tv hmai ahcun Cinderella cu a rak tthu cang i apple ei pah in tv cu a zoh ko. Zahan ah zei thil hmanh a tong lomi bantuk in a um ko cu ka hmuh. Ka zoh tikah ka lung kai awttawm ngai. A umdan zoh ah zei hliamhma hmanh a pu lomi a lo. A zohmi cinderella carton chungah an i vua lio cu an nawl ai cawng i a kut cu a vei ve len. Ka zoh i zahan ka lung aiawttawmmi vialte cu philh in ka mirh a chuak. Zei thei loin e hngakchia bantuk in tv hmai ah tthu in mah nuam tein ai nuam mu ka ti. Ka phone cu ka zoh i Edward sin in missed call a rak lut caah ka call tthan.

Nizan ah nan inn pawngah meithal puak aw kan theih an ti cu mi nih a dik maw zei dah a cang tiah a ka hal. Zei si loh an mah misual pawl kha an si ko lai tiah a tawifiangnak in ka leh. Ok si cun a ti i a phone cu a thah. Na dam deuh maw tiah Cinderella cu ka hal i panh tein a ka zoh pah in a lu cu rang piin a sut. Cun tv cu a zoh tthan i a kut cu a vei len tthan. Chikkhat te nizan sii ka cawk kar ah a rak rami nu kha a ho dah si tiah ka hal. Cun tv a zohmi a mer taak i keimah lei zoh pah in mirang holh in mother tiah a ka leh. Na nu maw ka ti i a lu cu a sut. Um rih na nu a si ah a ziah a sin ah na um lo? Nu na ngeih tham ahcun tiah ka hal. A tutan ka bia hal cu a lung ai nuam lo ngaingai i a kut a vei lenmi hna kha tangah an tla dih. Cun duhsah tein a ka zoh i ngeihchia muisam keng bu he na ka rem lo maw tiah a hal. Si...si hlah e ti khan cun ka chim duhmi cu nu na ngei ko ahcun vakvai kha na caah a ttha lo ka ti caah si tiah a rannak in ka leh.

Cun zei hmanh a chim ti loh i a tthutnak in a rak tho hnu ah keimah lei ah a rak ra. Cun ihkhun cungah a rak tthu ve i neih tein a ka zoh. Na mit chin tiah a ka ti i a sinain ai dawhnak cu neih tein ka hmuh tikah zei dah a ka chimh timi zong kha ka thei ti loh i tthep loin ka zoh ko. Chin hme tiah a ka ti tthan i cu hnu lawngah ka mit cu tangah lei ah ka tthial. Ziah hme cu mit chinh cu tiah ka leh i keimah tu khi ka ning a zak pah. Chin zawk tiah thin hang bantuk tein khin duhnung ngaiin a ka ti tthan. Cun ka mit cu kai chin. A ka hnamh men lai tiah ka ruah caah ka thintur cu a rang deuhdeuh. Cu lioah na ruahmi ai palh tiah din tein a ka ti i kai phuhrung ngaingai. Cun a kut dong le a laibawi in ka cal cu a ka tawngh i mang bantuk cang bantuk ah ka um ko cu kai hmuh.

Cu mang bantuk le cang bantuk a simi ah cun pingpalo ah ka dir i tanglei ka zoh tikah a sang taktak. Ka lau tuk i ka au. Sinain ka tla kho hlei loh i pingpalo ahcun kai tang ko. Khuaruahhar ngaiin ka um lioah ra kan hmuhsak lai tiah Cinderella cu vanmi thla a ngeimi bantuk in a thla pahnih he cun a rak zuang i ka ban in a ka tlaih i a ka zuangpi. Khuadawm hna cu a ka tanpi hna i sau nawn a ka zuangpi hnu ah khuadawm lakah khua phunphai a um cu ka hmuh. Hi hi kan umnak a si a ka ti i khua cungah cun a ka zuangpi. Cu khua cu minung fimnak in sermi si loin minung hmurka in hrilhfiah awk a ttha lomi a mak ngaingaimi khua a si. Inn nganpi a sang ngaimi pakhat lawng a um i a dang cu a hringdildalmi nelrawn an si hna i ai dawh taktak. A mah bantuk vanmi thla a ngeimi hna cu muko an tum hna i a zoh an dawh tuk hna. Na rak ra tikah ka rak i dong te lai tiah a ka ti. A tu ka ra cang ko hme hi tiah ka leh colh. A ka zoh i a ni pah in a tu cu minung na si rih cu tiah a ka leh. Mithi lawng maw an rak ra kho tiah ka hal i a sinain zei hmanh let loin panh tein a ka zoh.

Cu tlawmpal ah ka cang ah ka kir tthan i a ka tawnghnak a kut dong le a laibawi cu a lak hna. Ka lau ngaingai i khuaruahhar taktak in ka zoh ko. Van...vanmi maw na si taktak? tiah ka hal. A sinain a nih nih cun zei hmanh thil mak a si lomi bantuk in a ka zoh i a lu cu a sut. Cun a kut cu ka thin cungah a chiah hnu ah na thinlung ka hmuh khawh tiah a ka ti. Ka ning a zak phut i a hmai cu zoh ngam loin ttuang lei khi ka zoh. Cun a hung ka neih deuhdeuh i duhsah tien a ka kuh. Cun kei zong nih ka kuh ve i duhsah tete in fek chinchin in kan i kup. Hi ka hin na um len lai mu na khua ah kir ti hlah aw tiah cu bia lawng cu nolh in voi tampi in ka chim. A lu cu rang piin a sut i cu ticun ka mang bantuk ka cang bantuk a lo nain dawtnak taktak timi a dikmi dawtnak cu ka ton tiah kai ruah.

Ai uarmi kan si hnu in cun a holh a hung tam ngaingai i capo zong a hmang ngaingaimi mi nuam pakhat a si timi cu ka hung theih deuhdeuh. Keimah bantuk mi holh lo caah cun ka umhar a ka phen ngaignai i ka nun cu a mah thawngin a hningno ngaingai. Zeitik ah dah kan i um lai timi bia hi nifa tin a ka hal. Phaisa ka kawl ta lai cu mah hnu lawng ah puai kan tuah kho lai cu tiah ka leh. Van tthatnak cu ka lei ah a rak i mer i rian ka hung hmu cang. Rian ka hmuh ni ah ai lawmh tuknak ah a ttap i kan i co zau cang lai ti lawngte kha a chim. Leng chuak a ka sawm peng nain ka thloh peng ve. Leng chuak ka duh ve fiang tein vawlei hi hmuh ka duh ve tiah hngakchia thil hauh bantuk in a ka hauh peng nain a tu cu si rih loh minung sinak minkhenh kan tuah piak hnu lawngah kan chuak lai mu tiah ka hnemh.

Cu ticun rau lo teah rammi sinak id card ka ser piak cang i ka rian kai dinh ni te hna ah cun lengah kan chuak pah lengmang cang. A hmutu paoh cu an khuaruah a har dih i zoh nolh loin an um kho hna loh. Lam kam thil an zuarmi eidin paoh phun khat hnu phun khat a ei dih hna. Cinema kan zoh tti i mithla movie cu a ttih ngaingai ve. A zoh ngam ti lo caah lawi a ka sawm peng i movie a dih hlan ah kan lawi tthan. Edward zong nih a ka lawmhpi ngaingai i mah bantuk mui dawh pumrua ttha nungak na hmuh cu tiah a ka ti lengmang. A chungkhar kong te hna kha a ka hal nain a fawinak in ram dangin a rak rami a si tiah ka leh.

Zan khat cu zan ttim ka it lioah bia i ruah thawng dinte in ka theih i kai hlau. Cinderella cu ka zoh i a ihnak ah a rak um ti loh. Aw a rak ratnak lei cu duhsah tein ka va panh i ka umnank inn hnu lei ah khin a si. Inn hnu lei kutka cu ai awng i inncar ah minung pahnih an dir tti. Thlapa tlawmte a ceu pah caah fiang deng fiang lo deng khin ka hmuh khawh hna. Pakhat cu Cinderella a si i a dang pakhat cu nu ka theih lomi a si. Cinderella cu a lu ai khun i tanglei a zoh. Cun a hmai a dirmi nu nih cun minung maw na uar? Zei na si hi nai philh dara? Vawlei nuamhnak ah pei na tlu cang ko hi! Mah hi hi kan phunglam a si lo ti hi teh na philh maw?! Zei hmanh um e ti hlah a tu ah ka zul tiah nawl a pek. Cinderella cu a dirnak in a khut ai bil i a hmai ah a dirmi nu a ke cu a tleih pah in ka zaangfah ko ka nu na duh cun dan zong ka tat ko. Ka tthen kho ti lo e ka tthen a si cun a zun tuar in ka van thi te ko lai nunzia dawh tein vawlei ah um len ko sawh ning mu kan nawl ko e ka nu ka kalpi hram hlah tiah a ttah aw he a nawl.

Nu cu a thawpi a chuah i Cinderella cu khuaruahhar ngaiin a zoh ko. A sivang ngaimi muisam khi a keng i khua cu a zaza a hoi. Keimah lei zong a rak hoi i a ka hmuh sual lai tiah kai thup. Cun tlawmpal a rau ah a ngah loh! Kan zulhphung a si lomi cu kan zul kho loh. Vawlei cu vawlei a si zungzal a hmun ding a si loh. Ka bia ka al hlah vawlei ah na tlaunak a sau tuk cang a za cang na rian nih an hngah tuk cang ra ka zul a ti i Cinderella cu chikkhat teah a cawi duk i ai pawm. A rannak in ka umnak in ka chuak i kalpi hlah kalpi hlah tiah an sin ah cun ka va tli. Cinderella nih cun ai her i ngeihchia ngaiin a ka zoh. Cu ticun nu nih cun mittthep kar ah van lei panh in ai zuangpi i an lo diam. Nunnak a ngei lomi bantuk in ka ar dih i van lei cu ka zoh ko. Cun chikkhat ah ka lung a mit phut i zei thei loin vawlei ah ka tlu.

Lam A Tlaumi Vanmi(Part 3): Ka tonmi vialte cu mang pakhat bantuk ah an i cang dih hna i tleih awk ttha loin an lo dih hna. Mi sin ah va chim hmanh ning law hi kong hi cu a ho hmanh nih an zum kho lai loh i keimah lehlam kha a thinlung ai mah ti lo tiah an ka ti lehlam lai.

Philh khawh lai cu kai zum lo nain philh a hau cangmi kha a si i ka nun zong a thar in thawk a hau cangmi a si timi cu a caan a rau deuh deuh cun ka fiang deuh deuh. A taktak cu an rak si nain minung hmurka in hrilhfiah khawh lomi thil an si caah a donghnak ah cun kei zong nih mang bantuk ah cohlang ve dingin biachahnak ka tuah ko lo hlah maw tiah kai nawl len. Mang cu an rak si lo nain mang pakhat bantuk ah ka cohlang a hau cang. A tthut tawnnak tv hmaika hrawngte nih ka zoh paoh ah ka ruahnak ah a cam tthan lengmang i philh dingin kai zuamnak cu a tlu lengmang.

Cinderella a um ti lo hnu in cun ka ni le caan hna cu an kal a nuar tuk hna i suimilam second fung ai thawnmi hmanh hi a nuar tuk i a cung ah thil rit tukmi khinh hna seh law cu bantuk khi a lo. Caan nih ai thleng a har ni nih a liam a har i cu ticun biachahnak tuah dingah i laklawh ngaiin ka um. Edward nih a caan ah cun a rak ka leng tawn i thazaang biaka a rak ka pek tawn. A nih zong nih ka tonmi kong ka chimhmi hi a zum kho taktak loh i a lung ai mah pah lo tiah lunghrinh zoh in a ka zoh pah lengmang. A sinain a taktak a si tiah hrilhfiah len kha ka huam ti loh i a takatk a si le si lo cu keimah lawng lawng nih ka theih tiah kai cohlang.

A donghnak ah biachahnak ka tuahmi cu khua dang ah kai tthial lai tiah a si i a ruang cu hika ah sau deuh ka um chung paoh cu kan rak um ttinak innchung coka hna nih bia an chim peng i ka philh kho taktak lai lo timi hi ka theih khawh caah a si. Kei bantuk dawtnak he ai tong bal lomi le lungkuainak timi zong a thei bal lomi kan ti cu ka tuar tuk tikah nun huamnak tiang hi a zor tawn. Cu tikah ka hmailei caah cuan in khua dangah i tthial dingin bia ka chahnak hi a si. Cinderella a um ti lonak hi a tu in cun kum 1 a tling deng cang i ka thinlung cu a mah ningkel a si rih ko. A caan ah cun ka mang chung te hna ah a rak ra tawn i cu nih cun fak chinchin in a ka tuarter.

Ka umnak inn cu chuah taak dingin timh cia dih ka si cang i hmun dangah i tthial ding hi Edward zong nih a ka duhsak piak ngaimi a si ve. Ni khat cu Edward nih a chuahni party hmete ka tuah lai a ti i rak ra ve hrimhrim dingin a ka sawm. An inn ah a si lai tiah a ka chimh i a hawile minung tlawmpal te he kan tuah lai tiah a ka chimh. A chuahni lawmhnak lawng si loin a rian a reng a keihnak lawmhpinak ca zong a si chih. A tu lioah hin cun leng chuak phunphai le mi dang he i ton phunphai hi ka nunnak nih a duh bak lo nain hawikom ttha tiah cun Edward lawnglawng hi ka ngeihmi a si caah kal hrimhrim ka hau. Edward nih na thinlung ai hliphlaunak zong a si ka hawi le he zong kan tonter hna lai i hawi thar hna na ngei lai tiah a ka forhfial.

Edward a party cu ka va phan. An inn chungah cun mi a phan cangmi an rak tam ngai i party cu an rak thawk deuh rih loh. Mino pahra hrawng an rak um hna i hla cu an play pah hna. An inntual ka phanh ah khin Edward nih a rak ka hmuh i an inn chungin a rak chuak hnu ah na rak ra rak lut kan tling ngai cang tiah a rak ka don. Cun inn chungah a ka luhpi i a hawile nih cun an ka zoh dih. Na hawipa cu a va zohdawh ve hi bantuk hawi na ngeih kan theih bal ttung lo tiah Edward cu a hawile nih an ti. Ok ok a min ah Steve si ka hawi ttha cem a si single a si heee uar duh hlah uh nan nih pawl cu an duh hna lai lo heee tiah capo in a hawile hna cu a ti hna. Cu hnu ah duhsah tete in pakhat hnu pakhat an min hna cu a ka chimh i theihternak a kan tuah. Nu 5 le pa 6 an si hna i kei le Edward he cun minung 13 kan si hna.

Lam caan a phan cang tiah Edward nih a ti i hla cu thang deuh in a chuah. Cun kan zate in dir dih dingin a kut hnih cu cunglei ah a thlir hna. A hawile cu an i lawm tuk in woo tiah an au hna i an dir dih hna. Kei zong ka dir ve i cu ticun mah thiam tawk cio in kan lam hna. An kut cungah dinmi zu hrai cu an i keng dih hna i nu zong nih an i keng dih hna. Edward nih a zu hrai cu ai thlir i rak thlir ve dingin a mit a ka ttheh hnawh. Cun ka kenmi zu hrai cu Edward zu hrai he i tawnh dingin cungah ka thlir ve. Kan hrai ai tawng hnu ah a ding i kei zong ka ding duk ve. Ka hrom cu a lin dih i tlawmpal ah zu ah ai telmi ritnak sii nih cun ka pum chungah rian a hung ttuan.

Kan lam hna i cu lioah duhsah in pa hna nih cun nu an uar pahmi hna kha an va fuh hna i an lampi hna. Cu lioah ka sin lei panh in Edward a hawinu nu Alic nih ding tein a rak ra i ka kut cu a ka tlaih hnu ah a ka lampi. Tthep loin ka mit cu a zoh i a mit au chungah nu le pa pumsa hiarnak tuah sawmnak te hna kha ka hmuh. Ka ri pah ngai caah ral ttha phun in kai la i ka zoh chih ve. Cun ka angki in a ka tlaih i coka lei ah a ka kalpi. Coka chungah kan lut cun a keding ai thlir hnu ah hnamh a ka timh bak te ah coka chungah a ummi palang hrai cu a tla. Kan lau tuk i hrai a tlami cu kan zoh tti veve. Cun zei poi loin a um tthan i hmanh dingin a keding cu ai thlir tthan. Cu lioah coka kutka puanzar a thlam a lang pahmi hnu leiah khin Cinderella nih ding tein a ka zoh ko cu ka hei hmuh.

A rannak in chikkhat te ka ti Edward a hawinu Alic cu a chuah taak. Coka kutka puanzar cu ka kau a sinain a phen ah cun a ho hmanh an rak um loh. Innpi ah Edward le a hawile hna cu an rak lam lio ko hna. Zei hme na hmuh tiah Edward a hawinu Alic nih a ka ti i coka ah luhpi tthan dingin ka kut in a ka hruai. Sinain ka lung ai nuam kho loh i ka pawngah Cinderella a um timi nih zu ka ritnak cu a piangter dih. Rak ka theithiam ko mu ka lung a mit ngai le tiah Alic cu ka ti i Edward lei panh in ka kal taak. Edward cu ka sining ka chimh i aw si tak zeiti ttha na ti bal ve lo caah na lungmit le si ko cuh kei zong hi ka lung a mit ngai cang ih ka duh tuk cang an lawi rih lo le si rak lawi chung ko tiah a ka ti i an inn hnu lei kutka in ka chuak.

Inn ka phanh in ihkhun cungah cun ka zau i khua zaza ka ruat. Kai zumh kho loh Cinderella ka velchum ah a um timi hi a taktak a si hnga maw? Zu ka ri caah hlah maw ka hmuh sual le a si hnga? Cun rak kir hmanh seh law a tu ah cun ka sin ah a rak kir cang lai lo maw? Cu ticun ka lung cu a hno i a thar in a zun cu ka hung tuar tthan. Rak ka kalpi ve ko law Cinderella na umnak khua ah cu loin cun hi ti hin cun lungsivang in le mi hrut bangin cun ka chia ta hlah mu. Na ka kal taak hnu cun ka kal taak lawlaw ko kei cu vawlei ka si e nang cu vanmi na si e a taktak tiah cun ai uar ding kan rak si lo e na ka lak khawh cun ka la ve ko na umnak ah si lo le ka kal taak len lawlaw ko retheih ka pe hram ti hlah mu Cinderella tiah fak ngaiin ka tuar tuk i ka mitthli he ka chim.

A tu ka umnak inn ka tthial taaknak ding a donghnak zan a si cang i a tthut tawnnak tv hmaika ttuang cu ngong koin ka zoh. Kei zong ka rian kongah ka van chim a si ahcun ka rian nih ka reng an ka keih ve cang i inn man pek in le inn hlan in um si ti loin a cawk tuin ka cawk khawh ve cang. A tu kai tthialnak ding inn hi inn thar a si i tampi ka caah ka thinlung a ka damtertu ding a si lai tiah ruahchannak ka ngei. Ka thilri vialte hna cu bag chungah ka rawn dih cang hna i thaizing a si bakin cun tuarnak a phunphun a ka petu hi inn hi ka chuah taak cang ding a si. Zan cu a tlai ngaingai cang i ihkhun cungah cun ka zau nain kai hnglih kho hlei loh i Cinderella a rak tthut tawnnak tv hmaika zawn te peng cu ka ih pah in ka hei zoh pah lengmang ko. Cu ticun ka mit cu ka hung chinh i chikkhat teah kai hnglih.

Zei can kai hnglih manh ka thei loh. Inn hnu le kutka sin in cawlcangh thawngpang ka theih i kai hlau. Suimilam ka zoh i zinglei 5 a si. Zei dah a si hnga tiah ka va kal i inn hnu lei kutka cu ka va zoh. Inn hnu lei kukka cu a rak i awng i tawh ka hrenhmi cu minung pakhat khat nih sobul si lo le thirfung in rak boh hna seh law a dawh. Kutka tawh thei cu ai awng cia buin ttuang cungah a rak tla ko cu ka hmuh. Ka khuaruah a har ngaigai i ka kun i ka char lai ka tiah ka hnu lei in minung pakhat a rak chuak i meithal kuangin a ka lu ah a ka tuk. Cun ka tlu i lungfim pah fim lo pah in ka um lioah muihnak chungin ai thupmi minung 5 hna cu an rak chuak i minung 2 nih ka kut le kut in an ka tlaih i innpi lei ah an ka rawt.

Ka mit cu kai au kho nain ka cawlcang kho loh i ttuanglai ahcun ka ril ko. Mah cu minung 5 lakah minung pakhat cu ka pawngah a rak tthu i neih tein a ka zoh pah in dam maw kawi? Na ka cinkeng maw? tiah a ka hal. Ka zoh bakin rithaisii lei chaw a letmi a si cu ka theih. Kan hnu deuh lio ah Cinderella a rak kaptu an si hna i a tu zei dah an rak tuah tthan kun ne? Ka holh kho taktak loh i ka lung a mitmi cu a dai rih loh. Cu lioah cu pa nih cun zei bantuk minung ka si hi na ka philh dara? Hlen khawhmi le dehcawh khawhmi ka si lo zia hi na ka philh dara? Fang 1 te ruangah minung ka that bal cang timi hi teh na philh dara? Nai thawh le a tu inn dang ah tthial in zam diam nai tim tih?! Khawi na sin a ummi kan phaisa a firtu kha rak ka pe! A ho dah a si? Kan theih dih! Voi khat zan kha kan zaangfah le si khah! A sinain fang 1 hmanh a ui tukmi ka si. A ngah loh! A ngah loh! Na sin a ummi nih a firmi kha kan kum cheu dengmang hlawh pei si cu! Zeitin dah fang 1 te hmanh ka ui tuk lioah cu vialte phaisa cu ka sungh khawh lai? Mi khiar taktak ka si hi na philh maw? Khawi rak ka pe mah na hawi kha khawi ah dah a um? tiah a ka hal.

Ka lungmit cu a hung dam i an 5 ningin ka zoh hna. A tutan an i kengmi an meithal hna cu pistol a tawi phun sawhsawh kha si ti loin raldohnak ralram ah hmanmi a sau phun an si dih hna timi cu ka hmuh tikah ka lau ngaingai. Minung pakhat khat thah bak dingin a rak rami an si timi cu ka fiang cia. A hruaitu hna an lutlai cem zong nih thalphir ai keng cu ka hmuh. Dusah in ihkhun a ke cu kai tlaih i a hung tthu. Cun ka phaisa chiahnak bag cu ka lak i a chungah phaisa rel in Cinderella nih a rak lak piakmi phaisa zat theng kha pe loin ka phaisa bag ning in an lutlai pa a hmaika ah cun ka hei cheh. Phaisa bag cu a lak i a chung cu a zoh. Wow wow a ttha a ttha na fel bak. Nang cu na fel ko eh. Sinain na sin i a um vemi kha a si cuh! A nih zong fak lak tein cawnpiak ka duh ve rim lak dingin mu! Khawika ah dah a um! Na ka chimh lo cun na caah a fawi lai lo! tiah a ka ti. Ka lung cu a fim cang nain ka holh kho taktak rih loh ihkhun ke cu i tlaih in ttuang ah ka tthu ko.

Si lo ah nang cu na ttha tuk le kan thah sual lai na phang caah na zamter cang diam hlah maw? A umnak na kan chim hlan cu kan lawi lai loh. Cun na kan chimh lo cun hi hi na hmu maw thalphir meithal hi. Kua 1 ah kuanfang pakhat veve an um. Nang 1 a nih 1 si ko cuh! tiah a meithal a kua 2 cu a kutdong in a sawh hna i hi hi nang ca hi hi a nih ca tiah hrilhfiah pah in a ka ti. Ka...ka thei bak lo a mah tein a...tlau tlau diam... Zei e? A mah tein a tlau e?! Haaaa a cu tluk mi deh thiam lo cu a zam ti ko hme! A tlau ti cu lo maw a thiam? Hngakchia maw ka si hi bantuk dehcawh ding ah, huh? Voi khat ka hleng rih mu tiah a ka ti i a biangah a ka bengh. Cun ka tthutnak in ttuang ah ka tlu i ka lung a mit a zual.

A rau menmen. Voi khat a donghnak cem kan hal lai na kan chimh lo cun a mah bang in na lo ve lai a ti i a thalphir meithal in ka cal ah a ka hmuah hnu ah a thalphir a ttek khatlei deuh cu a kaam. Cun duhsah tein khah ka kawi voi khat lioah na rak ka bawmh bal caah last change kan pek lai kei cu a thi cia ka si cuh cu caah mi thah hi ka ttih lo cuh khawi ka ah dah a um tiah a ka hal. A thi cang ding bantuk in ka mit cu kai chinh cia cang. A ruang cu chim ding ka ngei ti loh i thim ding lam zong ka ngei ti loh. Cu ticun ka mit cu duhsah tein ka chinh i cu pa nih cun e thi ko cang ne fa lungkhong tiah a chim i thalphir zang cu hmeh a timh bak te... Cu lioah keimah hi ka si tiah aw pakhat nih inn hnu lei kutka luhnak lei khin a rak ti hna. Cu aw cu ka theih bakin ka mit cu an i au colh i Cinderella... tiah ka chim. Misual hna nih cun an i her i aw a ratnak lei cu an zoh. Nu a si caah zei ah an rel loh i an meithal cu a safety an off i a keng sawh in an i keng ko. Misual an lutlai pa nih cun Cinderella cu a zoh. Nu a sinain a kut tang minung hna bang in zei rel loin a um loh. A ruang cu Cinderella a mit au chungah i biataknak, thin linhnak le raltthatnak kha fiang tein an lang caah a si. Cu le cangka in misual an lutlai pa nih cun zei chim loin that uh tiah a au i nawl a pek hna.

Cu ticun an meithal cu a safety an on i Cinderella cu kah dingin an hmuah tikah cun an tlai tuk cang. Kutka hram cem ah a dirmi pa cu a lu bak a merh i a tlu colh. Cun a pahnihnak pa ai kenmi a meithal cu a lai bakin a khiah i a lu ah a tuknak i a tlu colh ve. Cun a pathumnak pa nih a kah bak a si nain a meithal par cu a nam piak i a hmai ah a dirmi a hawipa cu a khen. Cun a horm in a tlaih i a kut khat in a cawi hnu ah a hrom a merh i a thah. A hrom a tlaihnak a kut cu a thlah i misual pa cu a ruak in ttuang ah a tlu colh ko. A kahmi a hawipa(a plinak pa) nih a thih pah ah a meithal automatic in ruahdamh in a kah ciammam i cu ticun inn chung vialte cu an pemh dih hna i thilri le catlap phunphai pawl cu cungah an zuang an choi dih hna. A pawngah a dirmi a boss misual lutlai pa a ban ah a khen chih chap. Cu caah misual lutlai pa nih Cinderella kah ding in ding tein a thalphir in a hmuahmi cu a ngawi i hmun dangpi a kah. Cun misual lutlai pa nih cun a thalphir a kua pakhat deuh ah a tang rihmi in kah nolh dingin a thalphir a ttek cu a kaam tthan. Sinain a kut ai hliam cang caah a duh ningin a cawlcang kho zawkzawk loh. Cu kar ah cun Cinderella cu misual lutlai pa a hmaika ah a rak phan diam cang i a thalphir cu a chuh hnu ah a lu ah a tuknak i ttuang ah a tlu.

Minthla lek bantuk le mit tthep kar te bantuk khi a si ko. A tu te ah a dirmi a ka kulhtu misual vialte cu dai dupin ttuang lai ah an ril dih ko. Ka lau ngaingai i an lai ah Cinderella cu a dir ko. Ding tein a ka zoh i ka umnak lei ah a rak ra hnu ah a ka thawh i a ka pawm. Ka lu thisen a chuakmi cu a kut in a tawngh hna nain zei cu a chim loh. Ka kut cu fek tein a tlaih i duhsah tein a ka thawhpi. Kan hung dir i cu hnu cun hmaipanh tein a ka zoh. Cun kan i kup i ka kal taak ti hlah mu tiah ka ti. A lu cu a sut. Sinain a rua lo! Kan kar ah zungzal in i tthenak caan cu a hung phan colh. A ruang cu misual an lu tlai cem pa cu ttuang ah a tlunak in a rak tho i a thalphir kua khatlei kuanfang a tang rihmi in cun kah dingin an kan hmuah. Cu cu Cinderella nih a hmuh tikah a rannak in a ka her i a mah tu cu a khen.

Cun misual pa lei ah cun a va kal i a thin ah a thawngh i cu ticun misual pa zong cu a kut tang minung hna an kalnak lam ah a kal ve. Cinderella cu keimah lei ah ai her i panh ngaiin a ka zoh. Cun ka sin ah a rak ra tthan nain ka sin a phanh hlan ah a lamkal cu a sawn i a khuk ai bil tthan. Cun tlu ai tim i a kut khatlei in ttuang cu in ai nam i a tlu len lonak ding caah ai dohnak. A rannak in ka va domh i ka ttang cungah ka pawm. Cun ka ttang cungah a pum ning piin a tlu lawlaw i panh tein a ka zoh peng rih ko. A kut cu fek tein ka tlaih i sii...sizungah kan kal lai zei ti hmanh na um lai lo aw tiah rang ngaiin ka chimh. Panh tein a ka zoh pah in a lu cu a sut. A ka zoh lioah cun a mirhmi a hmur a sir lei in thisen an chuak i a mit au cu a thin phangmi mit au ah ai thleng. Ka lau ve i a rannak in sizungah kalpi dingin ka cawi i inn chungin ka chuahpi lioah inn hmai ah palik mawtaw le mizaw phurtu mawtaw cu an rak phan dih cang hna i hmun dang veve ah a kan tthen i a kan kalpi.

Ka hung i hlau cu sizungah a si i kai hliamnak ka lu cu din te lawngin a fak cang. Cinderella teh khawika dah a um tiah ka ruahnak ah a rak lut hmasa cem i ka ihnak sizung ihkhun cungin ka tho. Sizung chung sibawi le nurse hna cu an buaicur ko hna i khika lei in hika lei in an tli len an lut an chuak len ko hna. An tli pah in mizaw a tlau a mak tuk tiah an chim pah hna. Cinderella a si lai tiah ka zumh cia i a rannak in mah cu an buai lio cu caan ttha ah i lak in lengah ka tli i ka chuak ve. Ka umnak inn ah a um bak lai tiah a rannak in ka umnak inn lei ah cun ka tli i cu tlawmpal ah ka phone ah message a rak lut. A number cu a lang lo nain message lawng a lang. Sizung na chuak bakin mah cu tlangpar ah cun van ra timi message a si. Zei dang ruat ti loin message nih a chim bang cun ka tuah. Mah hi tlangpar hi kan rak um tti lio ah kal a ka sawm kho ngainak tlangpar a si.

Tlangpar cu ka hei phan i puanvar a fualmi ai eihmi nu cu hnu lei chit in a khuk ai bil i a rak tthu. Cun a ttang cungah Cinderella cu ai pawm pah i Cinderella cu ai hnglihmi bantuk tein dai tein a mit ai chin ko. Duhsah tien ka va neih i tlawmpal kan i hlat ah khin ka fanu hi a min ah Elizabeth a si tiah cu nu nih cun a chim. Cun ka kar hlang cu ka ngol i a bia chim cu ka ngeih. Ka fale lakah a hning cem a si i ka dawt cemmi a si. A duhnak ka zulh piak tuk caah ka nawl al in vawlei ah a rak ttum i a tlau tiah duhsah tein a chim. Cun ai din i din tein a ttap pah. Tlawmpal a um i a tu cu ka sung cang ka faniang cem ka sung cang. Keimah palh a si e ka faniang chimh ngai tukmi te a holh tam tukmi te...na duhnak ka rak in zulh piak lo kha keimah palh si e ka ngaithiam ko tiah a ti i i sum kho loin a ttap pah thluahmah.

Cinderella a thi cang timi ka theih tikah cun ka mitthli cu dong loin an luang hna i a holh kho lomi bantuk in zei hmanh ka chim kho loh i a nu ttang cungah dai tein a um komi a hmaifang tein cu tthep loin ka zoh ko. Na nu hi ka ngaithiam ko mu kan dawt tuk a ti i fak piin Cinderella cu a kuh. Cun sau nawnte a dai hnu ah na sin in ka lak hnu in cun zei hmanh ah a lung a um ti lo. A caan ah a thli tein a chuak i na sin ah a rak i langh tawn. A tu na sin a ra hi ka kham tuk nain a hramhram in a rak ra. A hmuhtonmi a tlawm rih caah a mah lawng i chawklet hi vawlei ah a rak vakvai vemi khuachia hna he an i tong sual ahcun a caah ttih a nung tuk. Cu caah ka khenkham pengnak hi a si. Nangmah bantuk mi ttha he nan rak i tong cu kai lawm tuk. Kan phunglam ai dang kan sining ai dang caah a si e. Kan khenkham hna bia a si hrimhrim lo.

I lungsak ve ko cang law zei tlukin na tuar hi ka hmuh khawh ko hna. Na tuarnak tu cu kan cung Bawipa nih in hnem hram ko seh ka kal rih lai minung a ti i cu ticun Cinderella cu ai pawm buin duhsah tein a tho. Cinderella cu dai tein a um ko i zei hmanh thei ti loin a nu ttang cungah cun ai din zirziar ko. Cu tlawmpal ah kan cung zawn van khi a hung ceu phut i kua nganpi bantuk ah ai ser. Cu kua nganpi pawngah cun vainam ai kengmi vanmi dang hna cu an i kulh hna i an cawngh. Cun duhsah tein a zuang i cu a ceumi le a nganmi kua chungah cun Cinderella cu a luhpi i cu hnu cun ceu cu a lo tthan. Chikkhat te ah na rak ra chikkhat te ah na kal tthan si mu. Na sinin a zungzal caah ka comi cu a dam kho ti lomi thinlung hliamhma hi a si tiah ka cohlang ko lai mu. Cu thinlung hliamhma cu a tuar a har ah a fawi ah na ka pekmi a si ahcun lunglawm tein ka van tuar ko hna lai e...(THE END)

Contents